URGENCES EN SÉRIE

Je remercie les sapeurs-pompiers de Saint-Germain-en-Laye
pour leur accueil chaleureux et, en particulier,
le capitaine Matthieu Mairesse et le major Terron.

Anne-Marie Desplat-Duc

www.editions.flammarion.com

87, quai Panhard-et-Levassor - 75647 Paris Cedex 13
Une précédente édition de ce texte est parue chez J'ai Lu en 2003.
Dépôt légal : février 2008 – Imprimé en France par IME.
ISBN : 978-2-0812-1020-2 – Loi n°49-956 du 16 juillet 1949 sur les publications destinées à la jeunesse.

Anne-Marie Desplat-Duc

Illustrations de
Serge Prud'homme

URGENCES EN SÉRIE

CASTOR POCHE

AU LECTEUR

Dans un centre de secours, l'équipe de garde est composée, en général, de quatorze pompiers.
Avec Les héros du 18, tu vas vivre leurs aventures.

Voici donc les noms des pompiers et de quelques jeunes sapeurs-pompiers de la caserne qui apparaissent au fil des épisodes :

LES HÉROS

Émilien Boulais, 12 ans : JSP (jeune sapeur-pompier).
Fabrice, son frère, 22 ans : pompier de métier.
Grade : caporal.
Le sergent-chef Paul Boulais : leur père.
Solène Vacandar, 12 ans : future JSP.
Simon Mignot, 18 ans : volontaire.
Jérémy Poussin, 22 ans : pompier de métier.
Grade : caporal. Spécialisation : maître-chien.
Houcine Hamed, 20 ans : volontaire.
Spécialisation : GRIMP (Groupement de Reconnaissance et d'Intervention en Milieux Périlleux).
Benjamin Mourlet, 22 ans : volontaire.
Infirmier dans le civil.
Sandra Legal, 18 ans : volontaire.

LES AUTRES

Pierre Devaux, 24 ans : pompier de métier.
Grade : caporal-chef.
Cyril Martin, 18 ans : volontaire.
Matthieu Augier, 23 ans : pompier de métier.
Spécialisation : plongeur.
Nicolas Pietrus, 20 ans : pompier de métier.
Yan Thiong-Soui-Ho (dit « le Chinois »),
22 ans : volontaire.
Kévin Beaumont, 19 ans : volontaire.

Les officiers : **le major Luc Terrisse, le lieutenant Paulin et le commandant Clapon.**

01/ JSP

La classe de 6e 2 du collège Molière écoute, plus ou moins attentivement, le professeur d'histoire qui vient juste de commencer le cours. Une craie à la main, M. Fontvieille note des dates au tableau. À ce moment-là, la corne deux tons d'un véhicule de pompiers retentit. Émilien pose son stylo et regarde par la fenêtre.

— Ça décale* ! murmure-t-il à Arthur, son voisin.

Il se soulève de son siège pour mieux apercevoir la rue.

— C'est le VSR* et le VSAB.

Sophie, assise devant lui, se retourne discrètement et souffle :

— C'est quoi, le V… FAB ?

— Le VSAB : Véhicule de Secours aux Asphyxiés et Blessés, l'ambulance, quoi. L'autre, c'est le Véhicule de Secours Routier. Ils partent pour un accident de la route.

Arthur croit bon d'ajouter :

* Les termes suivis d'un astérisque sont expliqués dans le lexique en fin d'ouvrage.

— Émilien, c'est un dingue des pompiers ! Souviens-toi que pour son anniversaire vous avez eu droit à la visite de la caserne ![1] Si tu n'es pas spécialement attirée par les accidents de la route, les feux divers et variés, tu n'as aucune chance de lui plaire.

Le prestige dont bénéficie Émilien lorsqu'il annonce qu'il est pompier agace Arthur, qui insiste :

— Lorsqu'on s'est connus, qu'est-ce qu'il a pu me casser les pieds ! Maintenant, je suis aussi calé que lui. Alors si tu as besoin d'un tuyau, n'hésite pas.

Émilien n'a pas écouté la conversation. Il a suivi le véhicule des yeux et essaie, grâce à la corne deux tons, de deviner la direction qu'il a prise.

— Mon frère est peut-être dedans, quel bol ! s'exclame-t-il.

— Silence ! s'écrie M. Fontvieille en scrutant la classe d'un œil d'aigle.

Les trois bavards plongent le nez dans leur cahier et recopient scrupuleusement les dates inscrites sur le tableau. Sophie griffonne sur un morceau de papier :

Moi aussi, j'aimerais devenir pompier.

— On en parle à la pause, chuchote Émilien en froissant la feuille pour éviter que le professeur ne tombe dessus.

1. Voir *Les Chiens en mission.*

Dès que la sonnerie retentit, les élèves dévalent l'escalier et longent un interminable couloir pour se rendre dans une salle du rez-de-chaussée.

— Alors ? interroge Sophie en rejoignant Émilien et Arthur.

— Oh ! là, là ! si les pompiers sont au menu, je vous laisse ! Je fais une allergie. Dès que j'entends « pin-pon pin-pon », je suis couvert de pustules rouges !

Sophie esquisse à peine un sourire.

— Je préfère les bagnoles et la mécanique, poursuit Arthur. Remarque, monter dans les camions, les entretenir, ça me plairait. Mais risquer ma peau pour les autres, non merci.

— Tu as été bien content lorsque, grâce au flair des chiens, les pompiers t'ont retrouvé au fond de ton trou, parce que « monsieur » avait voulu participer seul à la chasse au trésor et qu'il avait glissé dans un puits ! s'emballe Émilien.

— Je ne dis pas le contraire. Mais moi, je n'ai pas le... le feu sacré ! conclut Arthur en éclatant de rire.

— Ce que tu peux être bête, parfois ! s'emporte Émilien.

Arthur lui donne une grande tape amicale dans le dos et lui lance avant de le dépasser :

— Si on peut plus rigoler entre copains !

Puis, il ajoute plus doucement :

— Sois tranquille, je dirai rien à Solène.

Solène, c'est l'amie d'Émilien. Elle est JSP comme lui. En ce moment, elle a une angine et ne vient pas en cours.

Sophie pense que l'heure est venue de tenter sa chance. Elle aime Émilien en secret depuis qu'elle l'a vu dans son uniforme de JSP. Seulement, Émilien et Solène sont inséparables... sauf depuis que Solène est malade. Elle a quelques jours pour se faire remarquer. Elle va donc jouer le tout pour le tout... Et puisque Émilien est JSP, elle va le devenir.

— Il est pas très sympa, Arthur, constate-t-elle.

— Si, c'est un super pote, mais il n'arrête pas de me charrier... Il n'a peut être pas tous les torts. Je l'ai beaucoup bassiné avec mes pompiers... Que veux-tu, c'est ma passion, et je ne me rends même pas compte que c'est mon principal sujet de conversation. Normal. Mon frère aîné, Fabrice, est pompier. Mon père est sergent-chef et mon grand-père était capitaine.

— Une famille complète de pompiers !

— Oui. J'ai chopé le virus au berceau ! Mon père raconte que je ne m'endormais pas avec un nounours dans les bras, mais avec un camion de pompiers. Tu vois le tableau ?

Sophie opine de la tête.

— Et comment on devient pompier ?

— Je suis des cours le mercredi après-midi à la caserne et parfois aussi le samedi. On apprend des trucs techniques, les gestes de secouriste et on fait beaucoup de sport.

— Ça me plairait drôlement. Tu crois que je peux venir ?

— Toi ?... Mais tu... enfin...

— Solène y va bien, elle !

— Oui. J'en parlerai à mon frère. C'est lui qui s'occupe des inscriptions. Elles sont closes, mais pour un copain... euh... une copine, il fera une exception. Tu es certaine que... C'est bizarre, je ne t'imagine pas... en pompier.

— Ben si, c'est mon rêve à moi aussi ! Et tu verras, tu seras surpris. Je suis sportive, résistante, et le danger ne me fait pas peur !

— Dans ce cas... bredouille Émilien.

Il s'en veut d'avoir réagi de cette manière. Il aurait dû lui dire qu'elle avait raison de choisir ce métier, qu'il n'y en avait pas de plus beau, et que les filles étaient aussi courageuses que les garçons. En fait, le problème, c'est

Solène. Pourvu qu'elle n'aille pas s'imaginer qu'il cherche à la remplacer dès qu'elle n'est pas là. Ce serait idiot de se fâcher pour si peu.

— Tu viens me chercher, mercredi après-midi ? J'habite la résidence de Gally, 42 rue de l'Espéranto.

— O.K.

La sonnerie annonçant la reprise des cours interrompt leur conversation.

02/ Ça décale !

Comme tous les matins, le rassemblement a eu lieu à sept heures dans la remise[1]. Après l'appel réglementaire, le chef de garde[2], le major Terrisse, a lu la feuille de garde pour vingt-quatre heures. Il a distribué les piquets[3], transmis les consignes et les conditions climatiques.

— Restriction de circulation rue Lebourblanc. L'accès des secours est maintenu. Alerte météo de niveau 3 pour brouillard dense. Mais à moins d'avoir des peaux de saucissons sur les yeux, vous vous en êtes aperçus ! On n'y voit pas à plus de cent mètres.

Comme tous les matins, ceux qui sont de garde, treize garçons et une fille, ont fait l'inventaire et remis en état les véhicules.

Comme tous les matins, à présent en tenue de sport, ils s'entraînent, franchissent des obstacles, montent à la corde lisse.

1. Grand garage où sont entreposés les camions et véhicules divers.
2. Officier ou sous-officier commandant la garde d'incendie dans un centre de secours pour une période de 24 heures.
3. Affectations.

— Plus vite que ça ! vocifère l'adjudant. Houcine, tu as du chewing-gum dans les genoux !

L'interpellé accélère un peu et murmure à Fabrice qui court à son côté :

— Hier, c'était l'anniversaire de ma frangine. On a fait la fête jusqu'à deux heures ! Tu aurais vu cette ambiance ! Du coup, je suis pas très frais.

— Tu aurais pu m'inviter.

— J'y ai pensé, figure-toi. Mais il aurait fallu pousser les murs ! On était déjà plus de trente, rien qu'avec ses copines et ses copains.

Houcine expire bruyamment avant d'ajouter en éclatant d'un rire sonore :

— De toute façon, Sandra n'y était pas.

Fabrice va répliquer, mais l'adjudant les rappelle à l'ordre :

— Bavardez pas tant, les gars, gardez votre souffle, vous en aurez besoin !

Il ne croit pas si bien dire. La sonnerie lui coupe pratiquement la parole, suivie d'un communiqué bref et précis :

« VSAB et VSR* au départ. Accident sur autoroute. »

Pas le temps pour la douche. L'équipage du VSAB et celui du VSR courent dans le vestiaire. Ils arrachent leurs tennis et leurs tenues de sport, enfilent pantalons et tee-shirts, sautent dans leurs bottes, saisissent leurs treillis et leurs casquettes et se précipitent dans la remise.

— Rien de tel pour vous remettre les idées en place, commente Houcine.

Les moteurs tournent déjà lorsque le lieutenant Paulin leur donne l'ordre de mission.

— Accident sur l'autoroute, direction nord, à hauteur de la sortie n° 6. Deux véhicules impliqués. Prenez Simon avec vous, ce sera sa première intervention !

Heureux, Simon rejoint Houcine, Fabrice, Cyril et le sergent Boulais dans le VSR.

Les véhicules démarrent, gyrophares en action, corne deux tons hurlant, et sortent en trombe de la caserne.

En débouchant sur la rue, Fabrice lève machinalement la tête vers les fenêtres du collège qui font face à la caserne. Il parie qu'Émilien les regarde avec une pointe d'envie. « Patiente encore un peu, petit frère ! » pense-t-il.

Dès qu'ils s'engagent dans le boulevard qui contourne le centre-ville, le brouillard devient plus dense.

— Eh bé ! Quelle purée de pois ! se plaint Fabrice.

— À mon avis, ça va être une journée carambolages ! prédit son père. Ils roulent tous comme des fous !

Alertés par la corne et les gyrophares, les automobilistes ralentissent ou se rangent comme ils peuvent pour laisser passer les secours.

— On n'y voit vraiment rien ! tempête Houcine, qui conduit le VSR.

— Fais gaffe de ne pas nous envoyer nous aussi dans le décor.

— C'est là !

Houcine a pointé l'index sur le côté droit où un fantôme agite les bras devant une voiture dont on aperçoit à peine les feux de détresse. Les pompiers s'arrêtent sur la bande d'arrêt d'urgence. Les quatre gyrophares et les énormes feux clignotants fixés sur le toit serviront à baliser l'accident, et les puissants projecteurs perceront le brouillard pour permettre aux sauveteurs de travailler.

Tout le monde descend. Fabrice s'éjecte du VSR, un extincteur à la main, pour prévenir tout risque d'incendie.

Le chef d'agrès[4], le sergent-chef Boulais, examine la situation. Une Renault 5 s'est encastrée sous un 4 x 4. C'est le chauffeur du 4 x 4, sorti indemne, qui les a alertés avec son portable. Pour l'instant, il tourne autour de l'amalgame de carrosseries en se passant une main tremblante sur le visage.

4. Gradé responsable d'un véhicule ou d'un engin d'incendie.

— C'est pas possible ! C'est pas possible ! J'ai freiné pour ne pas emboutir un poids lourd qui n'avait même pas allumé ses feux et l'autre derrière il a rien vu... rien... J'ai entendu le bruit... C'est affreux ! Jamais, je...

Groggy, l'homme fait un écart sur la chaussée, où les véhicules continuent à circuler beaucoup trop vite.

— Attention ! crie Houcine en l'attrapant par le bras.

Profondément choqué, l'homme titube. Houcine le conduit presque de force dans le VSAB et l'oblige à s'asseoir. Il établit une fiche de bilan. Simon restera avec lui en cas de malaise.

— J'y retourne. Dès que le médecin sera là, il vous donnera quelque chose, dit Houcine.

Dans la Renault qui paraît avoir diminué de moitié, le conducteur est immobile, couché sur son volant, tandis que la passagère, sonnée mais consciente, crie :

— Guy, tu m'entends ? Guy, réponds-moi !

Fabrice s'est approché de la portière droite complètement défoncée et tente de rassurer la jeune femme :

— Calmez-vous, madame, on s'occupe de vous.

— Et mon mari ? interroge-t-elle.

Elle ne semble pas pouvoir bouger la tête pour l'apercevoir, et c'est tant mieux.

4. Chef d'agrès = gradé responsable d'un véhicule ou d'un engin d'incendie.

— On va le sortir de là.

Soulagée de savoir que les pompiers font tout leur possible, la jeune femme pousse un soupir et ferme les yeux.

— Non, non, il ne faut pas dormir. Quel est votre nom ?

— Corinne Dumont.

Fabrice engage la conversation tout en pratiquant les gestes de secourisme appris et mille fois répétés.

Pour atteindre le conducteur, Benjamin, infirmier de métier, a pénétré à l'intérieur du véhicule par la vitre arrière. Le bilan est grave. La victime est inconsciente, le pouls est faible, il a les jambes coincées, peut-être écrasées par l'amas de tôles.

Le chef d'agrès analyse la situation en quelques secondes. Il lance un message d'ambiance au COG* :

— 9 h 32. Il s'agit d'un AVP[5] entre deux VL[6]. Il y a deux blessés et une personne impliquée. Je demande une équipe médicale et deux VSAB.

Puis il ordonne :

— On dépavillonne !

L'équipe du VSR se met en place avec l'écarteur et la cisaille hydraulique pour couper la tôle afin de pouvoir

5. Accident sur la voie publique.
6. Véhicules légers.

ôter le toit. Le bruit est lugubre : les claquements secs d'un énorme sécateur.

— Qu'est-ce que c'est ? s'alarme Mme Dumont.

— On découpe la tôle pour vous extraire plus facilement.

— Oh, non, mon mari tient tellement à sa voiture. Elle est pratiquement neuve, murmure la jeune femme très choquée et l'esprit confus.

« De toute façon, pense Fabrice, dans l'état où elle est, avec ou sans toit, elle finira à la casse. Le plus important, c'est de vous en sortir, vous. »

La gendarmerie et un patrouilleur d'autoroute viennent d'arriver et sécurisent le lieu. Un gendarme, un bâton lumineux à la main, fait signe aux automobilistes de ralentir et de se déporter sur la gauche.

Les deux ambulances sont là rapidement. Un médecin et un infirmier s'approchent. Benjamin leur fait son rapport, tandis que deux pompiers finissent de cisailler les montants.

— Prépare la perf ! lance le médecin à son infirmier. Les jambes m'inquiètent. Sans doute fracturées en plusieurs endroits et, en plus, un traumatisme crânien. Chaque seconde compte.

Fabrice parle toujours avec Mme Dumont. Il regrette l'absence de Sandra. Pour ce rôle, elle aurait été plus douce et persuasive que lui. Il tient le flacon de la perfusion tout en suivant l'action de l'équipe de désincarcération. Deux hommes s'occupent du toit, tandis que deux autres, avec l'écarteur, soulèvent le tableau de bord affaissé sur les genoux du conducteur. Lui, il a un peu l'impression de ne servir à rien. Pourtant, il sait que sa présence réconfortante est indispensable. D'ailleurs, cette jeune femme l'émeut. Elle a sensiblement son âge, vient juste de se marier, et ce matin le destin la frappe.

Allons, qu'est-ce qu'il lui prend ? Il ne doit pas s'attendrir. Ça aussi, on le lui a appris. Il faut aider, rassurer, mais surtout ne pas s'attendrir pour être efficace.

Après plusieurs minutes d'un travail acharné, dans un bruit de ferraille, deux pompiers ôtent enfin le toit. Fabrice leur sourit, sourit à la jeune femme et l'encourage :

— Vous serez bientôt à l'hôpital.

— Les brancards et les matelas coquilles ! hurle une voix.

Une planche Olivier[7] est apportée près du conducteur. Trois pompiers se mettent en position. Le premier

7. Planche légère en plastique munie de poignées.

soutiendra la tête et les épaules, le deuxième le bassin, et le troisième les jambes. Au signal, ils soulèvent délicatement la victime et la posent sur le brancard, puis la conduisent dans une ambulance.

Un autre matelas coquille permet d'évacuer Mme Dumont. Avant de disparaître dans l'ambulance, elle serre chaleureusement la main de Fabrice.

— Merci, merci beaucoup… sans vous, je… merci.

Ce n'est pas la première fois qu'on remercie Fabrice mais, chaque fois, il est ému. Une joie calme l'envahit et aussi un peu de fierté. Ils ont fait du bon travail… Si on peut appeler travail le sauvetage d'un être humain…

Les deux ambulances s'élancent sur la route toujours nappée de brouillard. Fabrice les regarde s'éloigner. L'action des pompiers est terminée, lorsque, soudain…

03/ Un fou !

Houcine, qui allait reprendre sa place dans le VSR, aperçoit dans le brouillard deux phares qui s'approchent à toute vitesse sur la voie d'arrêt d'urgence. Ses yeux s'agrandissent d'horreur. En une fraction de seconde, il comprend et hurle en se jetant par-dessus la glissière de sécurité :

— ATTENTION !

Fabrice se retourne. Il voit la voiture foncer sur lui. Par réflexe, lui aussi se projette de l'autre côté de la glissière en hurlant à son tour :

— ATTENTION !

Il a vaguement senti que d'autres gars faisaient comme lui. D'ailleurs, dans sa chute, il heurte quelqu'un.

Il a le temps de penser : « Pourvu qu'ils sautent tous. »

Un crissement de pneus sur l'asphalte, un premier choc violent, puis un énorme bruit de compresseur écrasant de la tôle, des raclements, des débris qui volent, tombent et rebondissent, des cris, puis un silence stupéfiant troublé par des gémissements.

Fabrice se relève et Benjamin avec lui. Ils n'ont rien. Ils jaillissent des broussailles et restent quelques secondes paralysés devant l'abominable spectacle. La voiture folle a heurté l'arrière du fourgon de la gendarmerie, qui s'est renversé sur le côté, puis a percuté le VSR avant de finir sa course en s'encastrant dans le VSAB qui démarrait, le responsable du premier accident à son bord.

Les deux jeunes gens ne savent pas par quoi commencer. Un gendarme s'extirpe du fourgon et leur annonce :

— Deux blessés chez nous, je m'en charge !

Mais Fabrice s'écrie :

— Papa !

Le sergent-chef Boulais est étendu sur le sol à proximité du jeune Simon. En deux pas, Fabrice est à côté de son père. Malgré lui, sa voix tremble et se mouille de larmes.

— Papa ? Ça va ?

— Ça pourrait être pire. Occupez-vous des autres et du chauffeur de la voiture !

Il a le visage en sang, et chaque mouvement semble le faire souffrir.

— Fabrice, je te confie... la direction des opérations... Appelle les secours, vite! articule-t-il avec peine en cherchant le regard de son fils.

— Papa... je... Où as-tu mal?

— Aux côtes... J'ai sûrement des côtes enfoncées ou fracturées... et je respire difficilement... Va voir Simon.

Fabrice se redresse. Il est fier de la confiance que lui témoigne son père, mais terriblement angoissé. Il faut que son père s'en sorte! Pas le temps de se laisser aller. Il se baisse vers Simon.

— Mes jambes! s'inquiète le jeune homme.

Comme on le lui a appris, Fabrice examine les membres de son camarade. Il détecte des fractures... rien de catastrophique.

— Le concours, reprend Simon, je ne pourrai pas passer le concours!

— Mais si... l'encourage Fabrice.

Devenir professionnel, c'est le rêve de Simon. Le concours est dans quatre mois. Pourra-t-il s'y présenter?

— Ne bouge pas. Les secours vont arriver... poursuit Fabrice.

— Tu parles ! Si un autre fou surgit, il nous écrabouille pour de bon.

Simon a raison. Sur cette étroite bande de bitume que frôlent d'autres automobilistes inconscients du danger, les blessés risquent la mort à chaque seconde. Et pourtant, comment les déplacer ? Le matériel a été pulvérisé avec les véhicules. Fabrice cherche ses autres camarades. Bien que marqué par l'accident, Benjamin, appuyé contre le VSR, est indemne. Ils étaient sept pour cette mission. Il en manque trois : Houcine, Pierre et Cyril, les deux chauffeurs des véhicules. Houcine a sauté avant lui derrière la glissière. Il est peut-être gravement blessé lui aussi ! Fabrice s'approche de la glissière à l'instant même où Houcine, le visage griffé et maculé de terre, l'enjambe. Fabrice surpris, sursaute et s'exclame :

— Eh ben, mon vieux, on dirait E.T.

Houcine sourit, heureux de voir que, comme lui, Fabrice est indemne.

— Et les autres ? interroge-t-il, anxieux.

— Mon père et Simon sont blessés. Il faut les enlever de la route avant qu'il ne soit trop tard. On fait un pont néerlandais[1].

Ils se mettent en position. Houcine vers la tête, Benjamin au-dessus du bassin. Fabrice, lui, saisit les

1. Technique qui permet à trois personnes de déplacer un blessé sans risquer de lui occasionner d'autres lésions.

jambes. Au signal, ils soulèvent Simon, qui serre les dents, et le déposent délicatement sur un espace herbeux de l'autre côté de la glissière. Ils font de même pour le sergent-chef.

— Pierre ! Il était déjà au volant ! s'affole brusquement Fabrice.

Il se précipite vers le VSAB complètement défoncé en appelant :

— Pierre ! Pierre !

Houcine le suit. Un gémissement attire leur attention sur le bas-côté. C'est Pierre, éjecté de son véhicule. Fabrice s'agenouille et ses réflexes le guident. Il fait le bilan vital et lésionnel tout en interrogeant son ami :

— Pierre ! Tu m'entends ?

— Eh, gueule pas ! Je suis pas sourd. Il y a des blessés ?

— Oui. Mon père et Simon, et on n'a pas encore retrouvé Cyril.

Pierre n'est pas trop gravement atteint. Il a certainement des fractures, mais aucun organe vital n'est touché. Un miracle.

— Et le fou ? s'informe-t-il en grimaçant de douleur.

— Lui ? J'en sais rien.

Le sergent-chef Boulais surveille ses hommes des

yeux. Soudain, comme s'il avait entendu la conversation, il ordonne :

— Occupez-vous de la victime !

« La victime ou le chauffard ? » se demande Fabrice. Mais il n'est pas là pour juger. Il obéit aux ordres.

L'avant de la lourde Opel est plié en accordéon contre le véhicule de pompiers. En revanche, l'habitacle est pratiquement intact, et le conducteur s'époumone à l'intérieur :

— Sortez-moi de là ! Vite, ça va flamber !

— On arrive, on arrive ! maugrée Fabrice.

En vérité, il n'a pas envie de se presser. Cet inconscient bousille des vies en une fraction de seconde et il exige qu'on se consacre à lui ? Et les autres, alors ? Ceux qu'il a blessés ou tués, il s'en moque, c'est ça ? Fabrice, stressé, fatigué, sent la colère monter en lui. Ses copains étaient là pour sauver des vies et paient de la leur, tandis que ce chauffard est indemne. Il n'y a pas de justice ! L'idée de faire poireauter ce type dans sa voiture l'effleure. Il la chasse rapidement.

Benjamin lit la détresse dans le regard de Fabrice. Les interventions sont toujours très difficiles à assurer lorsque des membres de l'équipe sont touchés.

Il avance vers son camarade et lui dit :

— Je fais patienter notre olibrius. De toute façon, les portières sont bloquées, il devra attendre l'équipe de désincarcération. Par contre, il faut chercher Cyril.

Cyril ! Il manque Cyril. Et si... Fabrice ne veut pas envisager le pire. Et pourtant. Combien de pompiers sont morts dans l'exercice de leur métier ? Cyril ne serait pas le premier et malheureusement pas le dernier. Il est sans doute quelque part, écrasé par cet amas de ferraille que sont devenus les deux véhicules de pompiers. Fabrice en fait le tour, appelle, redoutant de découvrir une jambe, un bras...

Houcine inspecte les abords, saute la balustrade et scrute le talus, les arbustes. En contrebas serpente la Bourne. En été, elle n'est qu'un filet d'eau, mais en ce mois d'octobre particulièrement pluvieux elle est haute. Et si Cyril était tombé dedans ?

Houcine montre la rivière à Fabrice. Une même pensée les habite. Cyril est là. Ce peut être une bonne nouvelle, s'il a réussi à nager. Mais il a pu aussi se blesser en chutant et couler à pic dans l'eau glaciale.

Une corne deux tons retentit, les éclats bleus de plusieurs gyrophares percent le brouillard. Quatre ambulances et un VSR s'arrêtent sur le bas-côté, immédiatement suivis par le SAMU et une nouvelle équipe de gendarmerie. Des pompiers en surgissent. Fabrice reconnaît le lieutenant Paulin, Nicolas, Jérémy et… Sandra. Il est content qu'elle soit là et un peu inquiet. Les accidents de la route sont parfois difficiles à supporter. Et si Cyril est… Non ! Il refuse cette éventualité.

La jeune fille s'approche des garçons.

— Ça va, vous deux ?

— Oui, mais Simon, le sergent-chef Boulais et Pierre sont blessés et… Cyril a disparu.

Sandra pâlit.

— Disparu ?

— Oui. Soit il est resté dans le camion, explique Houcine en montrant l'amas de tôle, soit il est dans la rivière.

— Mon Dieu, souffle la jeune fille.

Ils n'ont pas le temps de discuter. Après un bref échange avec le sergent-chef, le lieutenant Paulin attribue les postes.

« Pourvu que je ne sois pas affecté à la désincarcération de ce fou du volant, espère Fabrice. Sincèrement, je ne sais pas si je pourrais. »

— Houcine et Fabrice, commencez les recherches !

Soulagés, les deux amis enjambent le rail de

protection et dévalent jusqu'au lit de la rivière en appelant :

— Cyril ! Cyril !

Aucune réponse. À chaque pas, ils s'attendent à découvrir le corps sans vie du jeune pompier. Ils scrutent l'eau boueuse et tumultueuse. Rien. Il a peut-être été emporté par le courant. Son corps sera repêché à des kilomètres de là, arrêté par un tronc d'arbre ou un rocher.

Fabrice est épuisé et démoralisé.

De la route, une voix féminine l'interpelle :

— Alors ?

Il hausse les épaules dans un geste d'impuissance.

— Avançons un peu en aval, propose-t-il.

Ils marchent en silence, courbés pour mieux fouiller l'eau du regard, se griffant aux arbustes, trébuchant sur les pierres glissantes. Houcine se redresse, se frictionne le dos et suit le cours de la rivière des yeux. Soudain, là-bas, il repère une silhouette… Il serre le bras de Fabrice et la désigne du menton.

— Cyril ? interroge Houcine, incrédule.

— Cyril ! hurle Fabrice à s'éclater les cordes vocales.

Au loin, la forme bleue lève les bras et se dirige vers eux. Fabrice court, Houcine sur ses talons. Serait-il possible que…

Ils tombent bientôt dans les bras les uns des autres. Ils rient. Ils pleurent un peu aussi, mais ces larmes nerveuses se tarissent rapidement. Ce n'est pas le moment.

— Eh bien ! Comment tu as fait ? demande Fabrice, stupéfait.

— J'en sais rien. Quand tu as crié, j'étais à côté du VSR, contre la glissière. J'ai sauté quelques mètres devant vous. J'ai roulé dans le ravin. Par réflexe, je me suis mis en boule et j'ai atterri dans la Bourne… Pas chaude, l'eau !

— Tu m'étonnes, une baignade par ce temps ! plaisante Fabrice, à présent moins tendu.

— J'étais un peu groggy, et le courant était puissant. Je n'ai pas cherché à nager, j'ai simplement essayé de garder la tête hors de l'eau en me laissant porter. Plus loin, la rivière s'élargit, elle devient moins profonde. J'ai pu en sortir… Mais j'avais bien deux kilomètres à remonter. Les bords sont accidentés. Ce n'est pas une promenade de santé !

— Ah, mon vieux, ce que je suis content ! s'exclame Fabrice.

— Et là-haut, y a des dégâts ? s'informe Cyril.

— Trois blessés.

— Et le chauffard ?

— Pas une égratignure.

— C'était son jour de chance !

— Les flics vont tout de même lui retirer son permis, ajoute Fabrice, et j'espère qu'il écopera d'une énorme amende qui lui ôtera l'envie de jouer au rodéo sur les autoroutes !

Lorsque les trois amis reprennent pied sur la chaussée, les ambulances ont déjà emmené les blessés. Le lieutenant Paulin s'approche de Fabrice et, une main réconfortante sur son épaule, il lui annonce :

— Pour ton père... Il faut que tu saches... Le médecin craint une hémorragie interne... Le pronostic vital est réservé en attente d'examens plus précis.

Fabrice accuse le coup. Il serre les dents et ses jambes flageolent. Il était si heureux de revoir Cyril vivant ! Sa joie retombe instantanément. Il a froid. Des images enfouies au fond de sa mémoire lui reviennent : celles de son grand-père, le héros de son enfance. Il semblait invincible, et pourtant il est mort en voulant sauver le chat d'une fillette, prisonnier des flammes.

Son grand-père, et maintenant son père ? N'y aurait-il pas une sorte de malédiction qui pèserait sur la famille ? Il devrait peut-être essayer de détourner son frère du métier de pompier avant qu'il ne soit trop tard. Il en discutera avec sa mère.

04/ La poisse !

Il y a dix minutes à peine qu'ils sont rentrés au centre de secours[1]. Certains sont sous la douche, d'autres cassent la croûte dans la salle à manger aménagée à côté du foyer. Bien qu'il essaie de le cacher, Fabrice est atterré. Sandra l'oblige à avaler un peu de la salade de riz qu'elle a préparée, mais il n'a pas faim. Pourtant, comme les autres, il doit assurer une garde de vingt-quatre heures. Lorsqu'il a téléphoné à l'hôpital, on lui a répondu que le sergent-chef Boulais était en salle d'opération. Il faut attendre. Et attendre sans rien faire est insupportable.

Soudain, la sonnerie retentit. Houcine et Benjamin coupent l'eau des douches pour écouter. Les autres cessent leurs bavardages. La voix du stationnaire leur annonce :

« VSAB au départ. Houcine, Fabrice, Sandra pour accident de personne. »

1. Caserne de pompiers.

Et la voix ajoute, ironique :

« C'est la mère La Poisse ! »

— Oh, non ! pas elle ! Pas aujourd'hui ! rouspète Fabrice.

— Et si, plaisante Sandra, rien ne l'arrête, notre mère La Poisse ! Mais ça te changera les idées.

Ils prennent leur ordre de mission. L'adresse, ils la connaissent par cœur. Ce n'est pas la première fois qu'ils se déplacent chez cette vieille femme qui accumule les catastrophes.

— Qu'est-ce qu'il lui arrive encore ? interroge Houcine en s'asseyant aux commandes du véhicule.

Corne deux tons en action, ils quittent la caserne.

Émilien, en cours de maths de l'autre côté de la rue, lève la tête vers la fenêtre.

— Juste le VSAB. C'est pas grave. Secours à victime seulement, commente-t-il pour Sophie, qui s'est retournée vers lui.

Ils sont bientôt au quartier Saint-Vincent, devant une étroite maison de pierre comportant deux étages. Une femme d'une cinquantaine d'années les guette dans la cour.

— Je suis sa voisine. Elle n'a pas ouvert ses volets aujourd'hui, et ça m'a inquiétée. C'est pour ça que je vous ai téléphoné.

— Vous avez bien fait, approuve Fabrice.

Est-ce que, pour une fois, il serait vraiment arrivé quelque chose de grave à Mme Blanc ? Il est vrai qu'elle n'est plus toute jeune... Lors de leur dernière intervention, qui avait consisté à attraper son chat perché à la cime d'un cerisier, elle leur avait appris, non sans fierté, qu'elle avait quatre-vingts ans. Et que cela ne l'empêchait pas de faire son jardin, son ménage et sa cuisine.

— Il faudra enfoncer la porte. Je demande un VSR, déclare Houcine en décrochant sa radio.

— Pas la peine. J'ai les clefs, annonce la voisine.

— Alors, pourquoi n'êtes-vous pas entrée ? s'étonne Sandra.

— Ben... j'avais peur... Si, par malheur, elle est... morte... Ce serait trop terrible... Je préfère que vous soyez avec moi.

La voisine tend la clef à Fabrice. Il l'introduit dans la serrure, ouvre la porte et pénètre dans le couloir sombre sans éclairer. C'est le b.a.-ba du métier. On ne sait jamais, s'il y a une fuite de gaz... Pareil à un chien de chasse, il renifle. Non, ça ne sent rien. Sandra et Houcine lui emboîtent le pas. La voisine reste prudemment sur le palier.

— Madame Blanc ! appelle Fabrice.

— Par ici ! répond une voix venant de l'étage.

— Elle a dû avoir un malaise dans sa chambre ! commente la voisine en entrant à son tour dans la maison.

Fabrice, Houcine et Sandra montent quatre à quatre l'escalier et débouchent sur un palier, ouvrent trois portes, examinent rapidement les chambres, s'attendant à tout moment à trouver la victime gisant à terre : personne.

Mme Blanc, qui les a entendus, s'écrie :

— Par ici ! Dans les cabinets !

La vieille dame a dû faire une chute dans les toilettes sans pouvoir se relever. Fabrice pousse délicatement la porte, mais ne parvient qu'à l'entrebâiller.

— Vous avez eu un malaise ? questionne-t-il par l'ouverture.

— Pas du tout !

— Vous vous êtes blessée en tombant ? poursuit Houcine.

— Mais non !

— Vous allez bien ?

— Mais oui.

— Pourquoi vous sortez pas, alors ? interroge à son tour la voisine.

— Parce que je peux pas.

Sandra sent de la gêne dans la voix de la vieille dame. Il ne doit pas être facile pour elle d'expliquer sa situation. Elle est dans les W-C, et sa pudeur est mise à mal. La jeune fille tente de l'aider à s'exprimer.

— La porte s'ouvre à l'intérieur, et vous êtes bloquée ?

— Non, c'est pas ça… J'ai le pied… coincé au fond de la cuvette des toilettes.

Houcine pouffe de rire et se recule pour laisser libre court à son hilarité. Il ne devrait pas. Toute situation, même cocasse, doit être dénouée avec sérieux. Mais il y a eu tant de tension nerveuse les heures précédentes sur l'autoroute que se détendre lui fait du bien. Fabrice et Sandra se retiennent pour ne pas être contaminés par le rire communicatif d'Houcine.

La jeune fille reprend son sérieux la première.

— Ne vous inquiétez pas, on va vous sortir de là !

— Comment ? lui glisse à l'oreille Houcine, secoué de hoquets.

— Il faut ôter la porte de ses gonds pour entrer.

— Pas évident. Les gonds sont de l'autre côté, et on a à peine quelques centimètres pour passer un outil… L'ambulance n'est pas équipée pour l'ouverture des chiottes, ironise encore Houcine.

— Je vais vous chercher ça, propose la voisine. Mon mari est bricoleur, il a sûrement un pied-de-biche.

Quelques minutes plus tard, elle revient avec l'outil. Fabrice l'introduit contre le chambranle et réussit à soulever la porte.

Mme Blanc, pâle, en chemise de nuit, la jambe droite enfoncée dans la cuvette, les mains appuyées de chaque côté du mur, semble épuisée. Lorsqu'elle reconnaît Houcine et Fabrice, son visage s'éclaire.

— Ah, c'est vous ! Je suis bien contente de vous voir !

— Ça va aller, maintenant, on va vous tirer de ce mauvais pas… lui répond Houcine.

Puis, se rendant compte du jeu de mots qui lui a échappé, il se mord les lèvres pour ne pas éclater de rire.

Sandra approche une chaise, fait asseoir la pauvre femme et l'enveloppe dans une couverture.

— Vous voulez boire quelque chose ? demande-t-elle.

— Oh, oui. Une tasse de café. J'ai pas pu le boire ce matin.

Toujours étonnante, cette mère La Poisse ! La voisine se précipite dans la cuisine pour préparer le breuvage.

Tandis que Fabrice examine la cuvette pour étudier comment la démonter, Mme Blanc explique :

— Ce matin, en allant aux toilettes, j'ai aperçu une énorme araignée au plafond. Là ! dit-elle en désignant l'angle de la pièce de son index. Je déteste les araignées. Rien que d'en parler, j'en ai la chair de poule. Pour la tuer, je n'avais pas trente-six solutions. J'ai posé le pied droit sur l'abattant des toilettes, je me suis hissée en me tenant contre le mur… et crac ! l'abattant s'est percé… et plus moyen de bouger… Il était sept heures, j'ai eu beau appeler, personne ne m'a entendue… Eh bien, quatre heures un pied dans l'eau glacée des toilettes, c'est long !

— Votre cauchemar est presque terminé, madame Blanc, annonce Sandra.

Mais elle voit bien, à l'air sombre de Fabrice, que ce ne sera pas facile.

— On ne pourra pas démonter. Il faut casser ! conclut-il.

— Oh, non ! Comment je vais faire, si je n'ai plus de W-C, se désole Mme Blanc.

— Le plombier vous en remettra un tout neuf ! explique Houcine.

— Le plombier… il va me ruiner ! J'ai qu'une petite retraite, moi.

— On ne va tout de même pas vous laisser comme ça…

— Ah, jeune homme, je sais que je vous ennuie… mais vous verrez quand vous aurez mon âge !

Houcine n'a pas connu ses grands-parents, et cette vieille dame le touche. Après plusieurs interventions, il s'est pris d'affection pour elle. C'est vrai qu'elle n'a pas de chance…

— Si on ne casse pas la cuvette, on ne pourra pas vous dégager le pied. Mais ne vous en faites pas, je viendrai vous en installer une toute neuve.

— Ça, c'est gentil ! En échange, je vous préparerai ma spécialité : la tête de veau ravigote !

Houcine tord le nez. Il déteste la tête de veau. Mais ce n'est pas le moment de discuter de ses goûts culinaires.

Fabrice va couper l'eau pendant que Mme Blanc déguste sa tasse de café. Puis, en deux coups de massue bien ajustés, il brise la cuvette. Mme Blanc pousse un petit cri apeuré et désespéré lorsque la faïence cède et un autre de soulagement lorsque son pied est libéré.

Sandra lui prodigue immédiatement les soins appropriés pour rétablir la circulation sanguine et lui propose :

— On va vous conduire à l'hôpital pour des examens.

— Ah, non, je ne vais pas déranger tout le monde alors que je n'ai rien du tout.

— Ce serait pourtant plus prudent…

— Non, non. Je reste chez moi, s'obstine la vieille dame.

— Comme vous voudrez. Il faudra tout de même vous faire ausculter par votre médecin.

Mme Blanc n'en fera qu'à sa tête. Elle ignore le conseil et enchaîne :

— Vous avez bien le temps de boire une tasse de café ?

Ils se consultent du regard et acceptent. Mme Blanc se sert une autre tasse et engage la conversation. Elle n'a pas souvent de visites et saisit cette occasion pour bavarder.

— Vous êtes venus chez moi combien de fois, déjà ?

— Hououou ! module Houcine.

Il fait semblant de compter sur ses doigts et conclut :

— Quand on aime, on compte pas !

Et tous éclatent de rire… Même Fabrice qui, durant l'intervention, a réussi à oublier un peu ses soucis.

05/ Un mercredi décevant

À l'annonce de l'accident, Émilien s'est conduit courageusement. Il n'a pas pleuré. Avec son frère, ils ont soutenu leur mère, très touchée par la catastrophe. Tous les trois ont beaucoup parlé des risques liés au métier de pompier, et Fabrice en a profité pour suggérer à son frère d'abandonner cette voie.

Mais Émilien s'est écrié :

— Ça va pas, non ? Abandonner ? Papa ne me le pardonnerait pas, et papi serait déçu. Je lui ai promis de devenir un aussi bon pompier que lui.

— Si papi était encore parmi nous, je suis certaine qu'il te relèverait de ta parole, a prétendu sa mère en séchant ses yeux rougis.

— Je ne le lui demanderais pas. Je veux être pompier, un point c'est tout.

— C'est trop dangereux, tu le vois bien ! a insisté Fabrice.

— Et toi, pourquoi tu ne lâches pas, hein ?

— C'est pas pareil… C'est le métier que j'ai choisi, je ne peux plus changer maintenant. Toi, tu peux encore faire machine arrière !

— Est-ce que tu insinues que tu regrettes ?

— Pas du tout. Mais je préférerais que tu fasses autre chose et maman aussi, certainement.

— Raté ! Je veux être pompier. Rien d'autre ne m'intéresse.

— Tête de mule ! a lancé Fabrice en ébouriffant les cheveux déjà hirsutes de son frère.

— J'ai de qui tenir, hein, maman ! Tu dis toujours que dans la famille, quand on a une idée en tête, on ne l'a pas aux pieds !

Leur mère a acquiescé. Elle les connaît, ses hommes ! Ils ont la vocation chevillée au corps et lui rabâchent tout le temps leur superbe devise : *Sauver ou périr.*

Redevenant sérieux, Émilien a interrogé son frère, d'une voix où perçait l'angoisse :

— Il va s'en sortir, papa ?

— Oui… parce qu'il va se battre ! Comme il se bat pour vaincre le feu !

— Alors, sûr, il guérira !

Mercredi, Émilien sonne à la porte de la maison de Sophie. Quelques instants auparavant, il était chez Solène. Elle va mieux et reviendra lundi au collège. Émilien n'a pas osé lui annoncer que Sophie allait prendre son premier cours de JSP.

Lorsque Sophie lui ouvre, Émilien devine immédiatement à sa mine triste qu'il y a un problème.

— Ma mère ne veut pas que je vienne, annonce-t-elle.

— Pourquoi ?

La fillette n'a pas le temps de répondre. Une voix lointaine lui ordonne :

— Fais entrer ton ami !

Le décor du salon impressionne Émilien : meubles anciens, tableaux aux murs, tapis épais, doubles rideaux fleuris, canapé en cuir. Il ose à peine poser ses bottes pourtant parfaitement cirées sur la moquette beige.

Mme Ferrand, maquillée, impeccablement coiffée, vêtue comme une gravure de mode et auréolée d'un parfum musqué, lui lance :

— Ainsi, c'est vous qui voulez entraîner Sophie chez les pompiers ?

Il perçoit tout de suite la réticence dans le ton. Il bredouille :

— Euh… oui, madame…

— Ce n'est pas une activité pour les filles ! l'interrompt-elle.

— Si. Il y en a quelques-unes… Solène, qui est dans notre classe, est JSP…

— Des filles grandes, charpentées. Pas des… jeunes filles de bonne famille !

Émilien n'avait jamais vu les choses sous cet angle. Solène n'est pas particulièrement costaud. Il reste sans voix et observe discrètement Sophie. La moue boudeuse, elle écoute sa mère qui continue :

— Sophie joue du piano, pratique la danse, cela n'a rien à voir avec… pompier !

— Je fais aussi du judo et de l'équitation.

— Oui, depuis peu, convient sa mère.

— Le piano et la danse, j'en ai assez ! D'ailleurs, la prof de danse dit que j'ai grandi trop vite et que je prends trop de muscles.

— Nous en avons maintes fois discuté, s'énerve Mme Ferrand. Si tu es obligée d'arrêter la danse, tu consacreras plus de temps au piano. Cette année, en travaillant bien, tu peux obtenir la médaille d'or au concours départemental.

— Ça ne m'intéresse plus, maman.

— Parce que tu as eu tout à coup cette idée saugrenue de devenir pompier ? Voyons, Sophie, ce n'est pas sérieux, et je regrette que ton ami t'ait mis ça en tête.

Émilien fixe la pointe de ses bottes. Il voudrait être à mille lieues de là.

— De toute façon, ce ne sera sûrement qu'une toquade. Je te rappelle que tu as essayé le théâtre, le patinage et le dessin, que tu as abandonnés quelques mois après, alors que j'avais payé les cours pour l'année.

— Les pompiers, c'est gratuit, argumente Émilien.

Mme Ferrand le foudroie du regard.

— Là n'est pas la question, jeune homme… Je ne voudrais pas que vous arriviez en retard à votre entraînement, je vous laisse partir… Et puis, vous savez, je n'ai rien contre les pompiers, au contraire. Ce sont de braves gens. Mais je suis persuadée que ce n'est pas une distraction pour des enfants et encore moins pour des jeunes filles. Raccompagne ton ami, Sophie.

Comme un automate poli, Émilien prononce « au revoir » et suit Sophie jusqu'à la porte. Avant de la refermer, elle lui glisse à l'oreille :

— Pour aujourd'hui, c'est trop tard, mais la prochaine fois je me débrouillerai pour venir.

— T'es folle !

— Non. Têtue.

Émilien court jusqu'à la caserne. Les douze jeunes sapeurs-pompiers sont déjà dans la remise pour étudier le fonctionnement des bouteilles d'air. Fabrice accueille fraîchement son frère :

— Tu as dix minutes de retard !

— Excuse, mais…

Fabrice en profite pour lui faire la morale, ce qui est profitable à tout le monde.

— Je te rappelle qu'une des qualités d'un sapeur-pompier est l'exactitude. Tu ne devais pas venir avec une nouvelle recrue ?

— Si… elle… elle a eu un empêchement. Elle viendra mercredi prochain.

— Tant mieux. Ça manque de filles ici, vous ne trouvez pas ? plaisante Fabrice pour adoucir un peu son attitude.

Les enfants rient et le cours reprend dans la bonne humeur.

06/ La fête foraine

— Émilien, tu es prêt ? lui demande sa mère, la main sur la poignée de la porte d'entrée.

— J'arrive ! hurle-t-il en dévalant l'escalier du premier étage, un bras dans la manche de son blouson.

— Tu vas à l'hôpital en tenue ? s'étonne sa mère.

— Oui. C'est pour… pour faire honneur à papa.

— Tu as raison, ça lui fera certainement plaisir.

Ce qu'Émilien n'avoue pas, c'est qu'être en tenue lui permet d'exorciser une peur étrange qui s'est glissée en lui depuis l'accident. Devant son frère, il fanfaronne, pourtant il a beaucoup de mal à accepter que son père, son héros, tellement fort, courageux, soit sur un lit d'hôpital à cause d'un fou du volant. Si encore il avait été blessé en sauvant quelqu'un lors d'une mission périlleuse ! Mais non. Il a failli mourir alors que l'intervention était terminée. Mourir pour rien. Du coup, le doute le torture. Est-ce que lui aura cette force de caractère ? Est-ce que pompier est vraiment un métier pour lui ? C'est un peu pour tester sa motivation et affirmer son choix qu'il a décidé de porter sa tenue.

Dans les couloirs de l'hôpital, il produit son petit effet. Les infirmières lui sourient, les visiteurs se retournent sur son passage. Il se redresse fièrement. Son père le taquine :

— Eh bien, si mon lit s'écroule ou si le feu se déclare sous mon matelas, j'espère que tu mettras en pratique tout ce qu'on t'apprend aux JSP !

— Tu peux compter sur moi ! réplique Émilien en embrassant la joue râpeuse de son père.

Mme Boulais dépose le journal et un magazine sportif sur le lit et interroge :

— Comment te sens-tu ?

— Pas mal. Mes côtes reprennent doucement leur place…

— Et Simon ? s'informe Émilien.

— Il va mieux. Il sera debout pour le concours. Et toi, tu ne vas pas à la fête foraine, cet après-midi ?

— Si. J'ai rendez-vous avec Arthur à quatre heures.

— Tu as de l'argent ?

— Un peu.

M. Boulais fait signe à sa femme de lui apporter son porte-monnaie. Il en extrait un billet de dix euros qu'il tend à son fils.

— Merci, p'a !

— Allez, file. Il n'y a qu'un dimanche par semaine. Ne le gaspille pas dans un hôpital ! Et n'oublie pas de te changer. Tu n'as pas le droit de te promener avec ta tenue !

— Oui, oui, répond Émilien en quittant la chambre.

Il sort du bâtiment et, comme ce n'est pas encore l'heure de retrouver Arthur, il fait un crochet par la caserne, où son frère est de garde… pour lui subtiliser quelques euros. Il espère que Solène sera guérie et viendra à la fête foraine, et s'il ne peut rien lui offrir, il aura l'air d'un abruti. Alors que s'il lui propose un ou deux tours de manège… de ceux qui font peur et qui obligent les filles à s'accrocher à vous… ce sera génial.

Fabrice est dans la salle de repos. Il joue au baby-foot avec Houcine, Jérémy et Benjamin.

— Tiens, voilà la relève ! se moque Houcine.

— Non. Je suis de repos, aujourd'hui, réplique Émilien en entrant dans le jeu.

Il se baisse pour caresser Rouky, le berger allemand de Jérémy, couché aux pieds de son maître.

— Pourquoi tu es en tenue, alors ? remarque celui-ci.

— Je viens de l'hôpital et…

— Comment va ton père ? l'interrompt Benjamin, sans lâcher le jeu des yeux.

— Bien, et Simon aussi. Ils espèrent reprendre dans deux mois.

— Je suppose que tu n'es pas là pour nous donner leur bulletin de santé ? dit Fabrice en envoyant, d'un coup sec du poignet, la balle dans le but adverse.

— Non ! râle Houcine. Cinq buts à trois ! Émilien nous déconcentre et tu en profites pour marquer ! Traître !

— Aucun rapport ! Vous jouez comme des pieds ! De toute façon, c'est la mi-temps. On va boire un coca.

Émilien prend des canettes dans le réfrigérateur, les distribue, s'assoie sur une chaise et demande à Houcine :

— Tu as terminé ton stage de GRIMP* ?

— Oui, il y a une semaine, et j'ai obtenu le deuxième échelon. Mais comment tu sais ça, toi ?

— Fabrice m'en a parlé. C'est ce que je voudrais faire plus tard. L'alpinisme, la spéléologie, les descentes en rappel, les remontées sur corde, j'adore !

— Ouais, sauf que les montagnes et les grottes, c'est assez rare ! Notre lot, c'est plutôt descendre dans un puits pour récupérer un cheval ou escalader une façade d'immeuble ! Mais je te comprends, moi aussi j'adore ça puisque c'est la spécialisation que j'ai choisie.

— Tu préférerais pas être maître-chien ? s'étonne Jérémy.

— Si, seulement ma mère ne veut pas de chien à la maison, alors…

— J'ai envie de m'inscrire au stage de plongée en mai à Antibes, intervient Fabrice, ensuite je pourrai passer l'examen pour entrer dans l'équipe des Scaphandriers Autonomes Légers.

— Ça aussi, j'aimerais ! s'enthousiasme Émilien.

Les autres éclatent de rire.

— Doucement ! Tu ne peux pas tout faire d'un coup. Deviens déjà sapeur. Ce n'est pas si facile. Après, tu aviseras ! explique son frère.

Émilien se renfrogne. Se souvenant brusquement qu'Arthur l'attend devant le Champ-de-Mars, il sort de la salle en lançant un « salut » à la cantonade. Puis, se ravisant, il revient et glisse à l'oreille de son frère :

— Je suis fauché. Tu aurais pas quelques euros ?

Fabrice fouille dans sa poche et lui tend discrètement un billet de dix euros en ajoutant :

— Amuse-toi bien !

Émilien court jusqu'au Champ-de-Mars, où Arthur le reçoit fraîchement :

— Qu'est-ce que tu trafiques ? Une demi-heure que je poireaute !

— Je… je suis passé à la caserne.

— Je m'en doutais ! C'est pire qu'une maladie ! Et en plus, tu as gardé ton déguisement !

— C'est pas un déguisement ! J'ai pas eu le temps de me changer, mais si ça te plaît pas, tu peux y aller seul !

— Te fâche pas ! Vite, on y va ! J'ai fait un tour de reconnaissance en t'attendant. Il y a de nouvelles attractions terribles !

Dès qu'ils s'approchent de la place, ils sont pris dans l'ambiance de la fête. Les musiques des divers manèges se mêlent dans une joyeuse cacophonie, tandis que des voix s'égosillent dans des micros réglés à la puissance maximum :

« En voiture, en voiture ! En piste pour le grand frisson ! Les chutes du Niagara comme si vous y étiez ! »

Des sirènes hululent, des klaxons rauques retentissent, des coups de feu claquent dans les stands de tir, les énormes moteurs des manèges pétaradent, les avions sifflent, les nacelles de la grande roue tanguent en grinçant et, dans les voitures du grand 8, lancées à pleine vitesse, les filles hurlent de peur et de joie.

Les odeurs se mélangent, se croisent, s'exacerbent : celle de la poudre et du soufre, celle de la friture, de la barbe à papa, du caramel, des pralines qui dorent dans le chaudron de cuivre, celle des moteurs surchauffés et des gaz d'échappement.

— On monte sur le grand 8 ? propose Arthur.

— Et comment !

Émilien espère que, de là-haut, il repérera Solène dans la foule.

Il redescend quelques minutes plus tard, déçu. Le spectacle était impressionnant, mais il n'a pas vu Solène.

Arthur le tire par la manche et l'entraîne au fond de la place.

— Regarde ce truc ! Ça doit être dément ! s'écrie-t-il en désignant une attraction dont l'enseigne rouge entourée de milliers d'ampoules clignotantes annonce : « LA CATAPULTE HUMAINE ».

Dans un haut-parleur, une voix tonitruante attire les clients :

« Amateurs de sensations fortes, approchez ! Le grand frisson est garanti ! Le saut à l'élastique vous fait vibrer, alors essayez la catapulte ! »

— Ouais, géant ! approuve Émilien.

Puis, apercevant la file des jeunes qui attendent leur tour, il rouspète :

— Ben, on n'est pas les seuls. Il y en a au moins pour une heure !

— Normal, c'est nouveau ! Mais ce serait bête de rater ça !

Deux garçons viennent de s'installer dans une sorte de nacelle retenue par deux énormes élastiques à une grue géante. On les harnache solidement pour qu'ils ne soient pas éjectés lors de la descente vertigineuse. Puis la nacelle est projetée dans le vide. Comme un yoyo, elle remonte, redescend, remonte grâce à la traction de l'élastique.

— Faut avoir le cœur bien accroché ! commente un garçon roux dans la file.

Bientôt, la nacelle se stabilise, et les deux occupants, groggy mais souriants, en sortent.

— Super ! claironne le premier.

— La trouille de ma vie ! s'enthousiasme le second.

Deux filles s'approchent du forain, leur ticket à la main.

— Si elles aiment les sensations fortes, elles vont être servies ! ironise un grand gaillard.

Émilien les observe avec plus d'attention et reconnaît Solène. Zut, s'il l'avait vue plus tôt, il aurait pu lui offrir la place. Trop tard. Il lui fait signe de la main. Elle lui sourit. Il se promet de l'inviter à prendre un pot ou à faire un tour de manège dès qu'elle sera de retour sur la terre ferme.

Les deux filles sont, elles aussi, solidement harnachées. La catapulte les propulse dans l'air, elles retombent à toute allure, s'arrêtent à peine à vingt centimètres du sol, repartent vers le ciel, redescendent.

Tout à coup, un claquement sec : l'un des deux élastiques s'est rompu. Emportée par son élan, la nacelle s'envole vers le ciel en sifflant comme si elle allait décoller !

La foule pousse un hurlement d'effroi.

L'élastique s'enroule à une vitesse incroyable autour du pylône et entraîne la nacelle avec lui. Comme folle, elle heurte le pylône à plusieurs reprises. Chaque choc est suivi par les clameurs de la foule.

En quelques secondes, la nacelle s'immobilise tête en bas, suspendue dans le vide à vingt mètres du sol.

Un énorme brouhaha s'élève : des cris, des pleurs, des appels au secours. Certains témoins ferment les yeux, d'autres, au contraire, hypnotisés, fixent la nacelle. Arthur, bouche ouverte, est pétrifié.

Le cœur d'Émilien bat à cent à l'heure. Il se sent impuissant. Vidé.

Brusquement, il retrouve ses réflexes. Il se rue vers la cabine où le forain tient les commandes du manège et lui lance :

— Appelez les pompiers, vite !

— C'est fait. Ils arrivent ! annonce le forain, qui se passe une main nerveuse dans les cheveux en répétant : C'est pas possible ! les élastiques ont été vérifiés le mois dernier !

Émilien n'écoute pas ses jérémiades. Il se souvient de ce qu'on lui a appris aux JSP et il ordonne :

— Coupez l'électricité !

Puis il repart et, se plaçant sous la nacelle, il hurle :

— Vous m'entendez ? Répondez-moi ! Solène ! Solène, tu m'entends ?

Aucun son ne lui parvient.

À présent, la plate-forme est envahie par la foule des badauds qui, les yeux en l'air, tentent d'apercevoir quelque chose et crient eux aussi :

— Vous êtes blessées ? Répondez !

Émilien pense aux deux filles coincées là-haut, blessées peut-être, choquées à coup sûr. Une phrase, serinée pendant les cours, lui revient en mémoire : « En premier lieu, réconforter la victime et lui assurer qu'on s'occupe d'elle. »

Sans plus réfléchir, il s'agrippe au pylône, l'entoure de ses jambes et en commence l'ascension.

— Tu es malade ! s'insurge Arthur inquiet mais tout de même admiratif.

Rien ne peut arrêter Émilien. Il est le meilleur à la corde lisse. C'est le moment de le prouver. Les exclamations d'étonnement et d'encouragement de la foule le galvanisent. Quelqu'un dit :

— C'est un pompier !

Et un autre prétend :

— Non, ce n'est qu'un gamin !

Et lui pense : « Je suis un gamin pompier. »

Il avance lentement. Il glisse d'un mètre. La foule frémit.

— Il va se rompre le cou !

— Descends immédiatement ! tempête le patron du manège. J'ai déjà un accident sur le dos, ça me suffit ! Descends !

Émilien n'écoute pas. Il resserre son étreinte autour du poteau et, les yeux fixés sur son objectif, il progresse. Va-t-il réussir ? Il le faut. Solène et son amie ont besoin de lui. Encore trois mètres. Il souffle. Ses jambes et ses bras deviennent douloureux. Un mètre. Il n'approchera pas plus. Il ne doit surtout pas toucher la nacelle qui risque à chaque instant de se décrocher. Il parle aux filles :

— Ça va ?

Solène lui répond d'une petite voix anxieuse :

— Oui... Je crois... mais on a mal partout...

— Je ne peux pas rester longtemps près de vous, je suis monté le long du poteau et je glisse... Ne vous inquiétez pas, les pompiers arrivent.

— Merci, soupire Solène.

Émilien n'en peut plus. Il ne doit pourtant pas lâcher prise, sinon c'est lui qui s'écraserait au sol. Comme on le lui a appris, il redescend doucement.

Dès qu'il pose un pied par terre, Arthur l'accueille avec de grandes tapes dans le dos en s'exclamant :

— Ah, ça, mon vieux, tu as été super !

Et il cache son admiration en plaisantant :

— Tarzan n'aurait pas fait mieux !

Les badauds assaillent Émilien, le félicitent ; certains le grondent pour son imprudence et d'autres s'inquiètent :

— Comment vont-elles ?

— Elles sont choquées, mais pas gravement blessées en tout cas.

Les gens sourient. Soulagés.

Soudain, Émilien pense qu'il faut prévenir la mère de Solène. Il y a une cabine à l'angle de la rue Hélène-Durand. Il court. S'arrête. Il n'a pas le numéro. Il va appeler la caserne. Avec un peu de chance, il connaîtra le stationnaire de service.

— Allô, vous êtes en communication avec les pompiers.

— Allô, c'est Émilien Boulais. Il y a eu un accident à la fête foraine.

— Les équipes viennent de décaler.

— Je connais une des filles qui est prisonnière dans la nacelle. Je dois avertir ses parents. Vous pouvez me donner le numéro de téléphone de Solène Vacandar ?

Le stationnaire pianote sur son clavier d'ordinateur et indique le précieux numéro.

Émilien le compose et, tandis que la sonnerie retentit, il regrette de ne pas avoir réfléchi à la meilleure façon d'annoncer la nouvelle. Mme Vacandar décroche.

— Euh… bonjour madame… Je suis Émilien… un copain de Solène et… bredouille-t-il.

— Ah, oui, bonjour Émilien. Solène n'est pas là. Elle est à la fête foraine avec Odile.

— Euh… oui. Je sais justement... Il y a eu un accident… et… Solène est enfermée dans la nacelle du…

— Mon Dieu ! C'est grave ?

— Pas trop… euh… je suis monté les voir… Elles vont bien, mais…

— J'arrive ! lâche Mme Vacandar avant de raccrocher.

07/ L'horreur !

La sonnerie d'alerte interrompt la conversation des pompiers qui bavardent dans le foyer. Tous écoutent le message :

« Accident à la fête foraine. »

Le sang de Fabrice se glace.

— Au départ : deux VSAB, le FPT*, l'EPA* et deux équipes médicales.

— Ouh, grogne Jérémy, c'est la grosse tuile.

Ne se souvenant pas qu'Émilien est parti à la fête foraine, il s'étonne de la pâleur dc Fabrice et plaisante :

— Eh, pas de panique ! Rien ne dit que tu devras escalader le grand 8 !

— Idiot. Mon frère y est... Si jamais...

Fabrice n'achève pas sa phrase. Il se précipite dans le FPT avec les autres.

Les véhicules quittent la remise, corne hurlante et gyrophare en action. En peu de temps, ils atteignent le

Champ-de-Mars. À l'entrée de la place, ils sont arrêtés par la foule qui, inconsciente du drame qui se joue plus loin, veut continuer à s'amuser et ne comprend pas le déploiement de tous ces camions.

— Allez le faire ailleurs, votre défilé ! râlent certains.

D'autres vont même jusqu'à donner des coups de pied dans les véhicules qui roulent au pas pour ne heurter personne, alors que chaque minute est précieuse.

— Bon sang ! s'énerve Fabrice, tu crois qu'ils se pousseraient !

— On n'a pas de chance. Ce foutu manège est au fond de la place et impossible de la contourner, elle se termine en cul-de-sac !

Devant l'insistance de la corne deux tons, la foule finit par s'écarter, puis choisit de suivre les camions pour ne rien perdre de l'événement.

Fabrice bout littéralement. Pourvu qu'Émilien ne soit pas impliqué dans l'accident ! Son père blessé la semaine précédente et maintenant son frère. Ce serait terrible... Il a la gorge sèche. Pourra-t-il accomplir sa mission dans de bonnes conditions ? Assis à côté du conducteur du FPT, il scrute la foule avec anxiété.

Soudain il l'aperçoit : petit bonhomme en bleu qui agite les bras debout sur une caisse. L'étau qui broyait son estomac se relâche. Il saute du camion, se fraie un passage à travers la masse compacte des gens agglutinés devant le manège et court vers son frère en appelant :

— Émilien !

Il le serre contre lui. Peut-être un peu trop fort. Il a besoin de ce contact pour évacuer sa peur. Émilien se dégage rapidement et balbutie :

— Solène est dans la nacelle… avec sa copine… Elles ont la tête en bas…

— Solène ? Ton amie JSP ?

— Oui. Euh… je voulais te dire… Tu te fâcheras pas… Je suis monté pour leur parler et…

Fabrice lève les yeux vers le sommet du pylône, puis dévisage son frère.

— Tu… tu es monté le long du poteau ?

— Oui. Il fallait bien que j'aille les rassurer et voir comment elles allaient…

C'est exactement ce qu'aurait fait Fabrice. Il est fier de son frère, qui s'est conduit en véritable sapeur-pompier, mais l'heure n'est pas aux félicitations et il lui dit juste :

— C'était courageux et risqué… mais tu as eu raison.

— J'ai aussi prévenu sa maman, enchaîne Émilien.

Les deux garçons sont interrompus par des éclats de voix. Une femme hystérique fend la foule à coups de coude en hurlant :

— Solène ! Solène !

Reconnaissant Émilien, elle s'adresse à lui :

— Qu'est-ce qu'il s'est passé ? Comment une chose pareille... Elle est blessée ? Mon Dieu, et si tout se décroche... je...

Des sanglots nerveux l'empêchent de poursuivre.

Émilien, perturbé par les larmes de Mme Vacandar, a du mal à retenir les siennes. Il tente d'expliquer :

— L'élastique s'est cassé... mais les pompiers sont là et...

Le chef de groupe, le major Terrisse, s'approche et la réconforte :

— Calmez-vous, madame. On va faire le maximum.

Mme Vacandar ne semble pas avoir entendu. Elle fixe la nacelle où sa fille et sa copine sont prisonnières, tête en bas dans le vide.

— L'EPA en action ! ordonne le major Terrisse.

Mais la grande échelle est bloquée dans les allées étroites par la foule qui ne veut rien perdre du spectacle.

— Faites-moi évacuer tous ces gens ! s'époumone encore le major.

Facile à dire.

Le chauffeur progresse mètre par mètre en redoutant, à chaque instant, d'écraser un imprudent.

Émilien piaffe d'impatience et d'angoisse au pied du pylône.

— Il avance pas ! Il avance pas ! répète-t-il.

Soudain, une idée ! Il fonce dans la cabine de commandes d'un manège où le propriétaire, complètement sonné, est prostré sur sa chaise. Il lui demande de mettre la sono à fond et hurle dans le micro :

— Écartez-vous ! Laissez passer les camions ! La vie de deux personnes dépend de vous !

La voix porte sur le Champ-de-Mars, où la plupart des manèges et des stands ont arrêté leurs activités.

Rappelés à l'ordre, les badauds prennent conscience qu'ils gênent le bon déroulement des opérations et consentent à s'éloigner.

L'EPA parvient à se dégager, sans réussir pourtant à se garer à proximité du lieu de l'accident à cause des stands accolés les uns aux autres. L'angle d'approche n'est pas idéal et, lorsque la grande échelle se déplie, elle se trouve nettement au-dessus de la nacelle.

Dès qu'elle est stabilisée, Fabrice l'escalade. Tous les regards sont braqués sur lui. Il se penche sur le frêle habitacle, sans pouvoir le toucher. Il est trop haut. En claquant, l'élastique a littéralement emmailloté la nacelle de fibres élastiques qui emprisonnent les filles.

— Ouh ! ouh ! Vous m'entendez ?

— Oui, répond faiblement une voix. On a mal partout ! Faites vite !

— Elles vont bien ! annonce Fabrice en se retournant vers la foule massée en bas.

Un immense cri de joie monte vers lui.

— Dès qu'on bouge, ça tangue… et on a peur que ça se décroche… explique Solène.

— Vous avez raison. Ne bougez pas. Tout est en place. Dans quelques minutes, vous serez sur le plancher des vaches.

Pourtant, il n'en est pas si sûr. Comment récupérer les jeunes filles ? Les faire descendre de la nacelle est trop risqué. Un simple déséquilibre et celle-ci s'écrase sur le sol. La première étape consistera à l'empêcher de tomber.

C'est le rôle de l'équipe du GRIMP.

D'ailleurs, Houcine et deux camarades étudient la meilleure technique à utiliser. Bientôt, équipés de leur harnais de sécurité, ils gravissent l'échelle puis se lancent dans le vide à la rencontre de la nacelle.

— Voici des anges venus du ciel à votre secours ! plaisante Houcine afin de détendre l'atmosphère.

À cet instant, il paierait cher pour avoir des ailes !

Il cherche comment attacher un filin d'acier, mais dès qu'il touche l'habitacle, celui-ci vacille dangereusement. Les filles poussent un hurlement de terreur. En bas, la foule leur fait écho. Houcine reste suspendu dans le vide comme une araignée à son fil. Que faire s'il est impossible de toucher la nacelle ?

— On va tomber ! se lamente une des filles.

— Non. On va essayer autre chose. Ne vous affolez pas !

Ce qu'il n'ose pas leur avouer, c'est qu'effectivement le moindre mouvement de panique de l'une des deux peut provoquer la chute de la nacelle.

— Houcine et Nicolas, vous sécuriserez simultanément ! commande le responsable de l'équipe. Vous accrocherez le mousqueton dans les orifices percés pour recevoir les élastiques lorsque je donnerai l'ordre.

Les deux pompiers se regardent. Ils ont beau être rompus à toutes les situations, ils ne peuvent empêcher les battements de leur cœur de s'accélérer. Mais c'est ce stress bien géré qui va leur permettre de se surpasser. Et puis, il n'y a pas d'autre solution. Ils savent que leur chef a choisi celle qui comportait le moins de risques.

Solidement maintenus par leur harnais, un filin à la main, ils se laissent glisser dans le vide. À hauteur de la nacelle, Houcine rassure les fillettes :

— Bon. Ça va peut-être secouer un peu, mais n'ayez pas peur. On maîtrise parfaitement la situation. On va sécuriser la nacelle avant de vous descendre doucement.

Nicolas tient le mousqueton dans sa main droite. Il repère l'endroit où il va devoir l'engager. Houcine fait de même. De temps en temps, un geste un peu brusque les éloigne de leur objectif.

Une immense rumeur agite la foule.

En aucun cas, les deux hommes ne doivent heurter ou même effleurer la nacelle. Jamais Houcine n'avait encore ressenti pareille angoisse. Rien à voir avec celle que l'on éprouve dans le noir, la fumée et la chaleur d'un feu d'appartement. Ici, non seulement la vie de deux personnes tient à son savoir-faire mais, en plus, tous les regards sont rivés sur lui... Et s'il ne réussit pas... Non, il préfère ne pas y penser... Mais il y pense...

Il s'efforce de respirer calmement.

— Prêts ? interroge le chef de garde dans son mégaphone.

— Prêts ! répondent les deux alpinistes, la main crispée à quelques centimètres de la nacelle.

— Top !

Les deux mousquetons se referment simultanément dans l'orifice.

La nacelle tangue. Les filles hurlent. La foule hurle. Houcine et Nicolas retiennent leur souffle. La nacelle se stabilise.

— C'est bon ! s'exclame Houcine en levant un pouce victorieux.

Un énorme soupir de soulagement monte de la foule.

Heureux d'avoir accompli la première partie de l'opération, Houcine encourage les deux fillettes :

— Les filins sont en place. Vous êtes en sécurité.

— Vite ! On n'en peut plus ! gémit Solène.

Si en apparence l'opération est terminée, il n'en est rien. À présent, il faut désentortiller l'élastique sans secouer la nacelle pour ne pas risquer de blesser les fillettes. C'est encore l'équipe du GRIMP qui s'en charge. Munis de grosses tenailles, les pompiers coupent aussi délicatement que possible les élastiques.

Chaque fois, la nacelle tressaute, les fillettes crient, et la foule, en écho, crie aussi. Maintenant, il s'agit d'éviter que la nacelle, trop brusquement dégagée, pivote en éjectant ses deux passagères.

Tandis qu'un pompier rompt les amarres de cet étrange vaisseau, deux autres, suspendus par leurs harnais, maintiennent la nacelle à l'envers. Enfin, avec d'infinies précautions, la nacelle est dégagée. À la force des bras, les pompiers la remettent délicatement dans le bon sens.

La tension nerveuse tombe tout à coup. Les gens applaudissent, sifflent, crient, et c'est une véritable ovation qui salue l'exploit des pompiers.

— Elle est sauvée ! Elle est sauvée ! répète la mère de Solène en se tamponnant les joues mouillées de larmes d'un mouchoir.

La nacelle est descendue sur le sol. Des gendarmes, venus en renfort, contiennent les débordements de la foule. Mme Vacandar se précipite vers sa fille et l'embrasse. Le médecin demande aux fillettes de ne pas bouger et ordonne l'évacuation vers l'hôpital pour un bilan médical complet.

— Émilien est là ? réclame Solène avant d'être transportée dans l'ambulance.

Émilien, qui a suivi avec angoisse toute l'opération, s'approche du brancard.

— Tu as été vachement courageux de grimper au pylône... Ton message pour éloigner les gens, c'était une bonne idée... Merci... tu as été formidable. Vous avez tous été formidables...

— Oui, c'est vrai, ils ont tous été formidables et je ne les remercierai jamais assez, enchaîne Mme Vacandar.

Les pompiers rangent leur matériel et regagnent les camions. Émilien et Arthur ont l'honneur de revenir dans le FPT.

— Quand je raconterai ça à papa, il sera content, déclare fièrement Émilien.

Le chef de garde envoie le message radio « disponible » au COG.

Les pompiers sont prêts pour une nouvelle intervention.

8/ Un bébé

Il est déjà presque vingt-trois heures.

Après leur intervention à la fête foraine, les pompiers ont, comme à l'accoutumée, nettoyé l'ambulance, jeté le matériel à usage unique, fait un inventaire minutieux, puis désinfecté entièrement l'intérieur.

Ils sont encore sortis pour la chute d'un cycliste lors d'une randonnée à VTT, un malaise sans gravité sur la voie publique et un doigt coincé dans une portière.

À présent, certains se détendent devant la télé, d'autres jouent aux cartes ou au baby-foot. Sandra bavarde avec Fabrice, Houcine, Jérémy et Benjamin, assis dans des canapés.

— Comment va ton père, Fabrice ? s'informe la jeune fille.

— Mieux. Mais la rééducation sera longue.

— Il a du courage. Parfois, je me demande si… si ça vaut le coup !

— Tout dépend de nos priorités dans la vie !

— Évidemment... si c'est le fric, c'est pas le bon filon, reprend Sandra en sortant sa feuille de paie de sa poche. Faut pas que je compte là-dessus pour payer mes études ! Pour les gardes, on touche moins qu'une femme de ménage !

— Reconvertis-toi ! « Technicienne de surface », c'est un super métier, mais pour l'action et la montée d'adrénaline... il y a mieux, se moque Jérémy.

— Imbécile ! Si je suis pompier volontaire, c'est pas pour devenir millionnaire... Mais quand même, ce n'est pas normal.

— La baisse des vocations vient en partie de là. Les jeunes hésitent à prendre des risques pour un salaire de misère.

— Ouais, d'accord, mais c'est encore plus beau ! Sauver pour rien... c'est chevaleresque et quasiment grandiose ! s'enflamme Houcine.

— Si on veut. Plus tard, je serai prof de français pour avoir un salaire correct et j'aurai du temps pour continuer à être pompier volontaire, explique Sandra.

— Je croyais que ça ne valait pas le coup, la charrie Fabrice.

— Le salaire n'est pas motivant, d'accord, mais je ne

pourrais pas me passer du reste : décaler, c'est toute ma vie !

— Et de nous ? Tu pourrais te passer de nous ? la taquine Houcine en lui mettant un bras autour des épaules.

— Non. De vous non plus, c'est certain... bien que vous soyez plutôt lourds parfois !

La jeune fille se lève du canapé et lance :

— Salut, la compagnie, je vais me coucher ! Je suis crevée et si je pouvais dormir un peu avant la prochaine sonnerie !

Sandra regagne la petite chambre qu'elle occupe lorsqu'elle est de garde. Ce soir, elle ne sait pas trop pourquoi, elle a le blues. La fatigue sans doute. Elle aurait mieux fait de rester bavarder avec les autres. Elle quitte son pantalon en le descendant sur la tige de ses bottes et s'allonge sur le lit. Elle songe à sa conversation avec les garçons. Que vont-ils s'imaginer ? Qu'il n'y a que l'argent qui l'intéresse ? Qu'elle n'est pas digne d'être pompier ? Il y a six mois à peine qu'elle est pompier volontaire, et elle a peur de leur avoir fait mauvaise impression. Elle s'en veut. Elle n'a pas su bien exprimer sa pensée... En fait, elle voudrait simplement qu'on reconnaisse la juste valeur de leur dévouement.

Parce que pompier, c'est plus qu'un travail… c'est une passion. Une vocation. Le goût de l'effort et du risque. On oublie sa propre vie pour se consacrer aux autres… Voilà ce qu'elle aurait dû leur dire au lieu de se focaliser sur le salaire. À la prochaine occasion, elle s'expliquera mieux…

Sandra finit par sombrer dans un sommeil agité de cauchemars : prisonnière dans une carcasse de voiture qui menace de s'enflammer, elle attrape un extincteur, appuie sur la poignée et asperge les flammes de crème Chantilly qui active la combustion. Un gradé au visage patibulaire ricane dans son dos :

— La gourmandise est toujours punie !

La jeune fille se réveille en sursaut, le cœur battant. N'est-ce pas la sonnerie du départ qui vient de retentir ? Elle écoute. Non, tout est silencieux. Elle préfère ne pas se rendormir. Mais la fatigue aidant, le sommeil la terrasse sans qu'elle s'en rende compte.

Soudain, la sonnerie et la lumière qui s'allume automatiquement dans la chambre l'arrachent à ses rêves.

Une voix annonce :

« Départ VSAB n° 2 : Fabrice, Benjamin, Sandra pour accouchement ! »

Elle saute dans ses bottes, remonte son pantalon. Elle est habillée. Elle se rue sur la perche de cuivre et atterrit dans la remise. Benjamin met le contact, Fabrice sort de la salle de garde, l'ordre de mission à la main et s'engouffre à la suite de la jeune fille dans le véhicule qui démarre. Ils enfilent tous deux des gants fins en caoutchouc tout en bavardant.

— On est gâtés, aujourd'hui ! râle Fabrice.

— De toute façon, ici, je dors mal, je préfère être active, déclare Sandra.

— Sûr que nos couchettes n'ont rien d'un hôtel de luxe, plaisante Benjamin, et puis il te manque un bel homme pour te réconforter.

— Idiot ! riposte la jeune fille qui ajoute pour détourner la conversation : Je n'ai jamais fait d'accouchement.

— Nous si. Alors, pas d'inquiétude, on est tous solidaires... Tu verras, ça a quelque chose de... de magique... Enfin, s'il n'y a pas de complications, reprend Fabrice.

Cinq minutes plus tard, ils arrivent au quartier des Mousquetaires. Trois tours séparées par un square et quelques arbres. Ils jaillissent du véhicule et courent vers l'immeuble. Sandra porte la valise de premiers secours sur l'épaule. Cinquième étage. Une feuille scotchée sur l'ascenseur indique qu'il est en panne.

— Quelle veine ! grogne Fabrice en s'élançant dans les escaliers.

Un homme les attend devant une porte ouverte.

— C'est ici ! prononce-t-il d'une voix anxieuse.

Une jeune femme, allongée dans la chambre, gémit et respire bruyamment. Sandra s'accroupit à côté d'elle, lui prend la main et la rassure.

— Calmez-vous, tout ira bien. C'est votre premier bébé ?

— Non... j'ai un garçon qui dort à côté, mais j'ai une trouille pas possible...

Benjamin procède à un rapide examen de la patiente, lui pose quelques questions et conclut :

— L'accouchement est imminent. Il faut la transporter d'urgence à l'hôpital.

La future maman est couchée et solidement attachée sur une civière souple, puis la descente des cinq étages commence. Sandra continue à parler à la jeune femme, qui crie à chaque nouvelle contraction. Bientôt, elle est installée dans l'ambulance qui démarre, gyrophare en action, pour traverser la ville endormie. L'hôpital est à cinq kilomètres de là et le bébé va naître d'un moment à l'autre. Sandra n'est pas tranquille. Sera-t-elle capable de mettre au monde un nourrisson ? Fabrice, qui devine son angoisse, lui sourit. Sandra se détend un peu. Elle n'est pas seule, leur équipe est soudée pour faire face aux difficultés.

Une course contre la montre s'engage. Benjamin fonce, en essayant au maximum de limiter les risques. Il sait que la vie de la mère et du bébé dépendent de lui. Fabrice a prévenu les urgences de l'hôpital afin que tout soit prêt pour les accueillir.

— J'en peux plus ! souffle la jeune femme en serrant convulsivement les deux mains de Sandra.

— Encore deux minutes, et on y est !

Enfin, l'ambulance s'arrête devant l'entrée de l'hôpital. La future maman est conduite dans la salle d'accouchement, où elle supplie Sandra :

— Venez avec moi !

En l'absence du papa, resté à l'appartement pour garder le premier enfant, Sandra soutient la jeune femme, la conseille, l'encourage...

Lorsque le bébé pousse son premier cri, c'est les larmes aux yeux qu'elle dit :

— C'est une magnifique petite fille ! Je vous félicite.

— Non, c'est moi qui vous félicite...

Les deux jeunes femmes s'embrassent. Sandra sort de la salle d'accouchement dans un état second. Qu'y a-t-il de plus beau qu'aider à mettre un enfant au monde ? Son engagement de pompier prend ici un sens différent… peut-être parce qu'elle est une femme. Après la tension qui l'a soutenue pendant sa mission, ses nerfs lâchent et un sanglot la submerge. Il ne faudrait pas que Fabrice et Benjamin la voient dans cet état. Elle se mouche, fait quelques pas dans le couloir, respire calmement puis retrouve ses collègues qui l'attendent dans l'ambulance.

— C'est une petite fille, leur annonce-t-elle.

— C'est super, hein, la naissance d'un bébé ! lui lance Fabrice.

— Oui, vraiment super !

— Et ça change un peu de toutes les catastrophes qui nous tombent dessus, enchaîne Benjamin avant d'envoyer par radio le message réglementaire : « Disponible. »

C'est en sifflotant qu'ils regagnent la caserne, prêts pour une nouvelle mission.

9/ Apprentissage

Lorsque Émilien arrive à la caserne le mercredi, tous les JSP sont au courant de ses exploits. En attendant le moniteur, qui n'est autre que Fabrice, il ne se fait pas prier pour en raconter les détails. Il en rajoute même un peu, quitte à se faire passer pour le sauveur des deux fillettes !

— Et tu as réussi à monter en haut du pylône ? s'étonne un copain.

— Oui, mais ça glissait vachement… C'est là que j'ai compris qu'on avait intérêt à faire du sport pour se muscler, sinon…

— Tu vas participer aux grandes épreuves sportives nationales, alors ?

— Je suis inscrit, mais je dois m'entraîner. Il paraît que le programme est costaud, et finir dernier ce serait la honte !

— Pas de danger, tu es le meilleur d'entre nous !

Soudain, Émilien aperçoit Solène et Sophie, qui entrent dans la remise. Il s'inquiète. Qu'ont-elles pu se raconter ? Et pourvu que Solène ne soit pas fâchée que Sophie veuille intégrer elle aussi les JSP. Les filles sont si bizarres, parfois !

Solène lui tend un paquet.

— Ce sont des chocolats... pour te remercier... enfin, pour vous remercier tous...

— Merci... Il fallait pas.

— Sophie m'a dit que tu lui avais proposé d'être JSP ?

— Ben... euh... oui.

— C'est génial, comme ça on sera au moins deux filles !

— Oui, renchérit Sophie, aujourd'hui, ma mère m'a permis de rester un moment pour savoir si ça me plairait. Je peux ?

— Sûr ! Fabrice n'est pas encore là, je vais te montrer les camions.

Émilien est fier de nommer les camions par leur nom de code, d'expliquer leur fonction et d'ajouter des détails techniques qui prouvent ses connaissances. Sophie écoute. Les camions, ce n'est pas vraiment ce qui l'attire mais, pour ne pas décevoir Émilien, elle fait semblant d'être très intéressée.

Bientôt Fabrice entre dans la remise, un classeur à la main. Apercevant Sophie, il s'exclame :

— Ah ! voilà la nouvelle recrue ! Bienvenue aux JSP !

Puis, s'adressant aux quinze enfants en tenue, il propose :

— Vous allez montrer à Sophie ce que vous savez faire : simulation d'un malaise sur la voie publique avec AR[1]. Dans le VSAB, je nomme…

Émilien espère entendre son nom. Mais Fabrice poursuit :

— Solène sera chef d'agrès, Clément et… Julien ses servants. Vous expliquerez vos actions à haute voix pour que tout le monde en profite. Émilien, va chercher le mannequin, tu le déposeras vers la porte.

Émilien est furieux. Fabrice l'a fait exprès. Pour que ce ne soit pas toujours lui le héros. Normal. Pourtant, il aurait tellement voulu participer à la démonstration devant Sophie.

Solène, Clément et Julien montent dans un VSAB. Au signal de Fabrice, ils sortent rapidement et se dirigent vers la victime. Julien porte la valise de premiers secours.

Solène s'agenouille devant le mannequin et, très professionnelle, lui demande :

1. Arrêt respiratoire.

— Monsieur, monsieur, vous m'entendez ?

Des rires moqueurs fusent, vite étouffés par le regard sévère de Fabrice.

— Bilan lésionnel : pas de fracture, pas de côtes cassées, continue Solène.

Elle fait ensuite semblant d'observer le blanc de l'œil du mannequin, place sa joue contre la bouche du pantin et lui pose deux doigts sur la carotide, puis elle se redresse et conclut :

— Bilan vital : euh… la victime est inconsciente. Elle ne respire plus… Vite ! Bouche-à-bouche !

Elle pince le nez du mannequin et lui souffle dans la bouche. Après quelques expirations, elle interroge son servant qui tient le poignet de la victime :

— Le pouls ?

— Absent.

— Massage cardiaque ! ordonne-t-elle.

Comme on le lui a appris, elle calcule la bonne distance puis, plaçant ses mains l'une sur l'autre, elle appuie à un rythme régulier en comptant :

— Et un, et deux, et trois…

Fabrice observe avec attention les gestes de son élève. Solène est un bon élément. Sérieuse, appliquée, rien à redire. Il la félicite :

— C'est bien. Tu es prête pour obtenir ton brevet de secourisme. Maintenant, trois volontaires pour nous faire la démonstration du transport d'une victime gravement blessée sur une planche Olivier avec la technique du pont néerlandais.

Sophie ne perd pas une miette de tous les exercices qui s'enchaînent.

À la fin de l'après-midi, Émilien lui demande, un peu tendu :

— Tu crois que ça te plaira ?

— Oui. J'en suis sûre.

— Parfois, c'est plus difficile. Le parcours sportif, surtout, exige une bonne condition physique. Il faut courir avec un sac de vingt-cinq kilos sur le dos, sauter une barrière de plus de un mètre, marcher sur une poutre...

— Eh ! Tu veux me dégoûter ou quoi ? s'étonne Sophie.

— Pas du tout, mais...

Il a voulu frimer un peu, histoire de montrer que pompier n'était pas un simple passe-temps, qu'il fallait être motivé... mieux... passionné. Il s'en veut. Pourvu qu'il n'ait pas découragé Sophie !

Tout à coup, la sonnerie retentit. Ils écoutent le message comme s'il s'adressait à eux :

« Au départ FPT, EPA, VSAB n° 1 et n° 2, incendie d'immeuble ! »

Aussitôt, c'est l'effervescence dans la caserne. Les pompiers en tenue de feu, casque à la main, déboulent dans la remise et montent dans les véhicules qui démarrent en trombe.

Les jeunes sapeurs-pompiers les regardent partir les yeux brillants de convoitise.

— Ça décale ! s'exclame Nicolas.

— J'espère bien que je serai un jour au départ pour sauver des vies, murmure Solène.

— Oui, moi aussi. Son premier feu, il paraît qu'on ne l'oublie jamais, lui répond Émilien.

Dans la même collection

Un mystérieux incendiaire
Prisonniers des flammes
Déluge sur la ville
Les Chiens en mission

LEXIQUE

Pour gagner du temps, quand ils communiquent entre eux, les pompiers utilisent de nombreux sigles, surtout pour les noms des véhicules. Voici les principaux utilisés dans la série :

COG Centre Opérationnel de Gestion.

Décaler Partir en intervention. L'expression vient de l'époque où les engins d'incendie étaient retenus par des cales. « Décalez ! » était l'ordre donné pour ôter les cales avant le départ.

EPA Échelle Pivotante Automatique.

FPT Fourgon Pompe Tonne.

GRIMP Groupement de Reconnaissance et d'Intervention en Milieux Périlleux.

JSP Jeune Sapeur-Pompier.

VSAB Véhicule de Secours aux Asphyxiés et Blessés.

VSR Véhicule de Secours Routier.

Anne-Marie Desplat-Duc

Anne-Marie Desplat-Duc a trouvé le moyen de ne pas vieillir : écrire pour les enfants. Elle entre ainsi dans la peau de personnages qui ont toujours entre six et seize ans !
Infatigable, elle sillonne la France d'écoles en salons du livre pour rencontrer ses lecteurs. Cet auteur prolifique a publié de nombreux romans, notamment chez Hachette Jeunesse, Bayard Jeunesse, Rageot...
Site internet de l'auteur : a.desplatduc.free.fr

Les derniers héros des temps modernes

« J'ai toujours eu une grande admiration pour les pompiers, ils sont les derniers héros des temps modernes. Ils ne cherchent ni l'argent ni la gloire mais seulement à sauver des vies. D'ailleurs, il n'y a pas plus belle devise que la leur : « Sauver ou périr. » Pourtant, il y a peu (ou pas) de héros pompiers dans la littérature de jeunesse. C'est pour réparer cet oubli et leur rendre hommage que j'ai décidé d'écrire *Les Héros du 18.* »

Serge Prud'homme

Serge Prud'homme est né en 1968 à Saint-Étienne. Il est diplômé des Beaux-Arts d'Angoulême, section Bande Dessinée. Il travaille comme illustrateur indépendant pour la publicité tout en publiant, depuis 2002, pour l'édition jeunesse. Aujourd'hui, il occupe son temps entre ses deux enfants, Mathis et Maïa, sa femme, Cathy, et le dessin sous toutes ses formes : bande dessinée, illustration, graphisme, collage et pâte à modeler le mercredi après-midi...

Table des matières